KB039651

견자

달아실어게인 시인선

04

견자

박용하 시집

달아실

이 시집의 맞춤법은 달아실출판사 및 국립국어원의 기준에 따랐으나 보조용언 및 합성명사의 띄어쓰기 등 일부는 저자의 의도에 따른 것입니다.

개정판 _ 시인의 말

나는 시를 쓴다.
어떨 땐 시가 나를 쓴다.

내겐 신앙이 있는 게 아니고
여기에 있는 삶처럼 시가 있다.

1부, 2부는 일부 시편 배열순서가 바뀐 것 외에는 초판본 그대로다.
3부는 발표했거나 미발표한, 초판에 없는 미출간 시편이다.

2024년 2월
박용하

초판본 _ 시인의 말

너는 고통하는 인간이다.
네 가녀린 두뇌는 네 뜨겁고 장엄한 심장 위에서
해바라기처럼 한숨짓는다.
네 한숨은 돌 매단 시체 자루처럼
지금쯤 강바닥에 닿았을 것인가.

2007년 2월
박용하

| 차례 |

개정판 _ 시인의 말 05

초판본 _ 시인의 말 07

1부. 칼로 타이어를 쑤시듯

문자의 힘 14
내장 환하게 화창한 하루가 15
새털구름 16
… 최악을 다하겠습니다 17
구름이 높아 보이는 까닭 18
부탁을 거절하며 20
거울 22
입 24
아무리 일러줘도 25
화병火病 26
욕조 28
카리스마 30
인심 32
원수 34
어머니 36
수심獸心 37
울음인지 웃음인지 38
그을음이 된 울음 39

입김 40
(입김) 42
밑 44
성욕 45
잡념과 집념 46
추억 47

2부. 누가 심장을 뛰어내리는가

달의 마음 50
연애 51
심장이 올라와 있다 52
도끼 54
눈길 56
강물 57
칼 58
그런 일이 일어나겠는가 60
달에 살다 62
견자見者 64
(견자) 66

성교 67
갑옷도 없이 68
애들이 나빠 봐야 얼마나 69
봄밤 70
방파제 71
누이들 72
족보 74
배터리도 없이 76
11월 77
연하장 78
샅 79
행성 80
교산蛟山 82
허평선虛平線 83
모든 밤 84

초판본 미수록 시편

3부. 타인도 저마다 유일무이한 나라이거늘

언제나 처음 내리는 비처럼 86
꽃다지 87
조동진 88
우리가 사람이라면 90
겨울비 92
가을과 겨울 94
이후의 감정 95
사랑의 눈동자 96

1부

칼로 타이어를 쑤시듯

문자의 힘

물의 심장을 야금야금 갉아먹어가듯
강바닥으로 천천히 내려가는 돌처럼

아주 서서히 서서히
인간을 해치울 것이다

그렇게 어떤 생은
이승을 꾹꾹 달래는 것이다

내장 환하게 화창한 하루가

금방 게릴라성 폭우로 왕창 쏟아 내다버릴 듯
무한 구름 우중충한 여름 대낮
나무 꼭대기 길게 강풍 걸어 마치
장대높이뛰기 선수가 최대한 구부려놓은 척추처럼
휘어졌다 다시 하늘 꼭대기로 치솟는 나무들 보며
내장 환하게 화창한 하루가 일생에 미쳐 치를 떨며 갔는가,
갔다가 온몸을 부르르 떨며 다시 왔는가

새털구름

믿음을 걸고 나열하는
줄줄 새는 낙원의 말들 앞에서
주워 담을 길 없이 떨어지는 가을날의 잎들처럼
입은 철들지 않았고 사람들은 물먹었다

질질 새는 약속의 말 이미 안면 없고
비 좍좍 다 새버린 환한 새털구름 보이느냐

… 최악을 다하겠습니다

답변기계들처럼

답변기계들처럼

말끝마다

… 최선을 다하겠습니다

… 최선을 다하겠습니다

악수기계들처럼

악수기계들처럼

말끝마다

… 최선을 다하겠습니다

… 최선을 다하겠습니다

운동기계들처럼

운동기계들처럼

말끝마다

… 최선을 다하겠습니다

… 최선을 다하겠습니다

뭐, 이런

개대가리들이 다 있나!

구름이 높아 보이는 까닭

내일 고치러 가겠습니다

하루가 금가고 이틀이 깨져도 오지 않는다

이번 주말에 들러 꼭 수리하겠습니다

그래놓고 꼬옥 오지 않는다

주말만 발바닥에 매달린다

거짓말을 끼니처럼 하는 자들도

그걸 뻔히 알면서도 묵묵히

듣고 있는 자들도 다같이 서러운 자들이다

서로가 가해자며 서로가 피해자다

태연히 거짓말하는 얼굴에도

두근거리는 한 근 심장이 올라와 있기는 하다

그 광경을 안쓰럽게 쳐다봐야 하는 사람의 비애가

거짓말하는 자의 얼굴에도

드문드문 새털구름처럼 높이 떠 있기는 하다

약속을 못 지키게 돼 미안합니다

전화 한 통만 해도 그는 큰사람이다

금방 고치러 가겠습니다

곧 전화할게 그래놓고

곧 한다니까 그래놓고

날밤을 까도 오지 않는다

이쯤 되면 속이는 기술보다

속아주는 기술이 먼저다

속이는 자의 산술보다

속아주는 자의 아량이 더 커야 한다

곧 전화할게 그래놓고

금방 간다니까 그래놓고

계절이 바뀌었는데도 오지 않는다

골 빈 듯이 하는 빈말 세상에서

이쯤 되면 속아주는 것도 사랑이다

속아주는 것이 속이는 것이다

담에 만나면 술 한잔합시다

담은 무슨 다음? 그냥 가!

부탁을 거절하며

나같이 힘없는 사람에게도 부탁이 온다
몇십 년 만에 겨우 연락이 됐다며
당장 행사용 축시를 써달라고 태연하게 말하는 것이다
이때 거절하라는 나와 거절 못 하는 내가 싸우지만
대개 내가 진다는 것이다
아마도 내가 모질게 잘라 거절하지 못하리라는 것을
저쪽이 먼저 아는 모양이다
게다가 부탁은 하나같이 안면을 깔아뭉개며
비닐 웃음을 덮어쓰고 왔다
그러고 보니 부탁과 청탁의 나라에서
나는 참으로 서툴게 서툴게 살아왔다
그런 나 역시 부탁을 하는 날이 있다
그때 나는 거짓말하는 사람처럼 작고도 작았었는데
어떻게 된 건지 부탁이 왔을 때도 그랬다는 것이다
그러니까 네게 글 부탁을 했을 때 나는 죽어갔던 사람이고
네게 돈 부탁을 했을 때 나는 곱절로 죽어갔던 사람인 것이다

그래서 부탁을 초인종 누르듯이 하며 사는 사람의 생활을
들여다보길 나는 지극히 꺼려왔다
그러나 한 가지는 분명하다
부탁을 하는 너보다
부탁을 받는 내가 늘 더 쓸쓸하다는 것이다

거울

도취와 심취 없는 날들이 계속되었다
현실만이 거대한 창이었다
자기도취도 휴가의 한 방식이고
삶도 죽음 앞에서 보내는 휴가 아닌가
그럼에도 이 생활은 심취를 모르는 것이다

거기에는 아랫배 나온 내가 있고
계산 따로, 계산 따라 움직이는 눈동자와
잔머리 굴리는 음모에 익숙한 두뇌와
파리채만 한 아량과 취향,
돈 생각으로 쭈그러진 고깃덩어리 자루,
몸뚱어리가 있는 것이다

거기에는 졸렬한 나와 옹졸한 내가 있고
치사한 나와 비겁한 내가 있는 것이다
뜯어고친 나의 코와
뜯어고친 나의 쌍꺼풀과
뜯어고친 나의 턱과

뜯어고친 나의 유방이 있을 뿐
몽상과 파도와 궁창은 없는 것이다
무한은 없는 것이다

깊이와 높이 없는 날들이 계속되었다
죽음만이 거대한 창이었다
조작도 삶의 한 방식이고
삶도 더러움 앞에서 보내는 휴가 아닌가
그럼에도 이 생활은 왜곡을 모르는 것이다
중립을 모르는 것이다

우리는 우물 앞에 서 있지 않고
수도꼭지 앞에 서 있는 것이다

입

뒤는 절벽이고
앞은 낭떠러지다

돌이킬 수 없는 허공에서
너는 뛰어내린다
너는 그처럼 위험하고
너는 그처럼 아슬아슬하다

돌이킬 수 없는 생처럼
한 번 가버리는 생처럼
뒤돌아봐도 그만인 사람처럼
너는 절대 난간에서 뛰어내린다

아마도 너의 뿌리는
너도 대부분 모를 것이고
너의 착지도 너의 얼굴은 영영 모를 것이다

아무리 일러줘도

경포 해변이나 낙산 해수욕장에서
남태평양 이스터섬 석상들처럼
오로지 한 방향으로만 서서
갈매기들 일제히 먼 데 바다로
까만 치마 흰 교복 입은 여고생들
깔깔대며 그 실한 종아리 다 내놓고
새 걸음하며 파도를 수학하거나
낄낄대며 수평선을 관람하던 그 웃음들
그거 다 어디로 갔는가
아무리 일러줘도 들은 체 만 체
동쪽으로 동쪽으로 고개를 돌리기만 하던
그 낙락장송들 다 어디로 갔는가

화병火病

세상을 버리는 사람처럼
화를 버리게 되지는 않는다
가족을 버리는 사람처럼
화를 버리게 되지는 않는다
가족과 세상을 등지는 사람처럼
화는 서러운 것이다
아내와 딸을 대하는 사람처럼
화를 다스리는 일은 서러운 일이다
여름 한낮 화는 땅에 질질 끌리거나
이글거리고 지글거리는 땡볕을 받느라
없는 살림에 안 나오는 젖 먹이느라
입 헤벌리고 혀 할딱이는 어미 개처럼 힘들어했다
화는 자주 지구 끝까지 갔다가
유조선처럼 겨우 철수했다
언제나 비밀은 사방 십 리 안에 다 있고
언제나 비밀은 식탁 위에 다 있고
세상을 버리는 사람처럼
가족을 등지는 사람처럼

화를 버리게 되지는 않는다
그게 최고의 비밀이다

욕조

뜨끈뜨끈한 물을 받고
욕조 안으로 들어간다
모락모락 김은 피어오르고
욕조 안에서조차 무슨 상상력이
아지랑이처럼 무럭무럭 피어올라야만 하나
욕조 안에서는 별생각 없이
몸만 푸—욱 담글수록 좋다
생각도 쉬어야 한다
욕조 안에서는 그저 푸—욱
몸만 담금질할수록 좋다
때때로 생각도 방치해둘 필요가 있다
그런데
욕조 안에서도
벌거숭이 상태에서도
잡념은 쉬지 않고
거웃처럼 집요하게 달라붙는다
질세라 망상까지
망상의 한 귀퉁이에 그 잘난 명상도

한자리 차지하겠다고
꾀죄죄하게 들러붙는다
욕조 안에 몸을 담그고 있는 동안에도
너무 많은 잡설들이 끓다가
김처럼 뭉글뭉글 사라진다
명함도 못 내민 명상이
불쌍하게 느껴지는 욕조의 시간이다

무심한 욕조처럼 한 세상
느긋하게 드러누울 수는 없는 것일까

카리스마

황사 쳐들어오는 봄날
마음은 피부병처럼

몽고군 쳐들어오는 봄날
마음은 식중독처럼

칼로 타이어를 쑤시듯
이 슬픔은
상처를 내지를 수가 없어요

자다 깨다 빡빡 피가 나도록 긁어도
긁어도 몸서리쳐지던 가려움은
온몸으로 북북 발전했다

물이 얼면 칼—
칼이 얼면 물—

기억이여…

공포여…

무심한 하루는

무참할 정도로 불가능했다

인심

소금 세례 받은 미꾸라지들이 양동이에서
천방지축으로 날뛸 때 이상한 쾌감이
마른 땅바닥에 소나기 뛰듯 했는가
잘도 피하던 초식동물 누gnu가
턱의 제왕 하이에나에게 덜컥
엉덩이를 물려 제자리 뛰기를 날뛸 때
기어코 달아나지 못할 감각 다 쓸 때
나는 어서 어서 초식동물의 펄펄 김나는
내장을 보고 싶어 했던 게 아닐까

누구도 어쩌지 못하는 아프리카
간신히 말라가는 웅덩이 물 먹으려다
차라리 으깨지고 말 것을,
악어에게 통째 머리통 물려 발악하다
간신히 풀려나 지들 무리 속으로
달려가는 원숭이를 보았는가
그걸 멀거니 쳐다보는 그 무리들의
외면을 그대는 또 보았는가

그것은 죽음 빼곤 잊을 수 없는 기억,
오랜 건기 끝에 한두 방울
공포의 무한 위에 떨어지다 마는
빗방울이 아니고 무엇이랴
누구도 어쩌지 못하는 물결 일면

원수

1

너를 포기하기 전에

나를 포기하기가 언제나 어려웠고

너를 무시하기에는

너의 힘이 너무 강대했고

너를 넘어서기에는

나의 포기가 너무 졸렬했다

너를 포기하기 전에

나를 포기하기가 언제나 어려운 것처럼

늘 새로운 원수가 나타나는 것이다

원수와 싸우면서 원수를 닮지 말아야 한다는 말;

원수 같았다

2

옛날 책에는 좋은 말이 많다

좋은 말일수록 살짝 쳐다볼 필요가 있다

옛날 책의 좋은 말을 펼칠 때처럼

삶이 펼쳐지지는 않는다

옛날 책 파먹는 그 녀석은
어느덧 약장수가 다 됐다
이젠 책 읽는 것도 넌더리가 난다
말만 많은 세상에 눈앞의 생활은
타협도 협상도 도무지 어렵다
잠을 푹 자는 것도 쉽지 않다
잠을 푹 자야 하는데
원수를 베고 누웠듯 잠이 안 온다
그러던 여름 대낮 도착한 엽서에는
내 뒤통수치는 놈들은 왜 없어지지 않는지
그렇게 적혀 있는 걸 보니
옛날 책의 좋은 말이 다 우스워 보였다
이 웃음은 굳이 지혜를 구하지도 않고
아무 원군도 없이 생활을 들었다 놓는다

그는 시체처럼 잠을 잔다
그것은 마치 고구려처럼 먼 시절에나 들었던 말로 들
린다

어머니

할아버지가 부려먹었다
아버지가 부려먹었다
첫째 아들이 부려먹었다
둘째 아들이 부려먹었다
첫째 며느리가 부려먹었다
둘째 며느리가 부려먹었다
첫째 손자가 부려먹었다
둘째 손녀가 부려먹었다

밥 번다는 이유로
평생 싼값에 부려먹었다

회초리같이 가느다란 사람,
암에 걸려 수술대 위에 걸려 있다

수심獸心

여름 길바닥에 뱀이 치여
쥐포가 되어 있다
여름 길바닥에 개구리들이 치여
덕지덕지 껌딱지가 되어 있다
가을 중앙고속도로에 고라니가 치여
고깃덩어리가 되어 있다

나는 많이 서러웠다
내장이 터지듯 서러웠다
천지에 내장 있는 것들이 모두 서러웠다

울음인지 웃음인지

태어난 날은 알지만

죽을 날은 언제인지 모르는

알고 보면 누구나 시한부 인생

알 것도 없이 죽을병이 삶인데

막상 삶이 1년이나 6개월짜리 꼬리표 달면

미운 털 몇이고 다음 세상 식탁에서도

생선가시 발려내며 밥 먹고 싶은 인간 몇일까

나나 내 선배나 내 후배들 만든 몸들

하나 둘 세상 뜨고 상갓집에서

별다른 느낌도 없이 술 먹는다

직장암 수술받기 위해 어머니 입원한

원자력 병원 엘리베이터에 나보다 한창 새파란

이마 뒤로 머리카락 하나 없는 절대 소녀,

빛이라도 마주 튈라 그저 눈 허공에 깔다

콩나물국밥집에서 특별한 느낌도 없이 아침 먹는다

그을음이 된 울음

바람 드센 봄날 산불이 휩쓸고 가자
타다 남은 볍씨 앞에서 한 짐승이
몸을 크게 떨다 쪼그려 울었다
그 짐승의 속을 열자 고무 탄 것처럼
여기 저기 양계장 닭들이 눌어붙어 있었다
송아지 한 마리만 달랑 데리고 야밤에
마을을 빠져나온 아주머니는
기댈 게 지 몸뚱어리밖에 없는 것을 알고
기대도 골병든 지 몸뚱어리로 재차 흐느꼈다
잿더미 앞에서 쌀 한 됫박 얻기 위해
가랑이 벌리고 드러누운 계집의 몸집이
아마도 또 저러했을 것이리라
어떤 봄날 우리는 그을음이 된 울음을
사흘 밤낮 석 달 열흘을 외면하며 지내는 것이다

입김

말할 수 없는 것들
말 안 해도 되는 것들
말하나 마나 한 것들
말하고 나면 후회할 것들
말 안 하면 우습게 보는 것들
기어코 말해야 하는 것들
굳이 말 안 해도 되는 것들
말만 많은 것들
한 말 또 하고 또 하는 것들
그 말이 그 말인 것들
말 들으나 마나 한 것들
말만 잘하는 것들
닮고 닮은 것들
말없이는 안 되는 것들
말로는 안 되는 것들
할 말 안 할 말 막하는 것들
말없어도 되는 것들
아예 말없는 것들

말이면서 노래인 것들

여벌이 없는 것들

이번 생만 있는 것들

수평선만 있는 것들

까진 무르팍만 있는 것들

심장인 것들

번개인 것들

말없는 손들

말없는 발들

말없는 입김들

숨들

목숨들

(입김)

알고 보면 별것도 아닌 계집
이거나 사내, 떠받들던 인간들이
알고 보면 별거 아닌 그저 그런
속물들이거나 마초, 알고 보면
별것도 아닌 중앙 귀족 밑에 빌붙어
지방 호족 행세하려는 별것도 아닌
알고 볼 것도 없는 저질 개똥들이
사소한 말에 벌컥 화내거나 욱해
목매달거나 목매달려 죽은 귀신들
잊히고 잊으니 살 만한가
알고 보면 별것도 아닌 선배
이거나 친구, 친구 엄마이거나
친구 마누라, 거가 거긴데
왜 지지고 볶고 안달하는가
알고 보면 닭다리 하나 더
먹으려고 눈에 등댓불 켠
알고 볼 것도 없는 식충이거나
성충, 거가 거긴데

왜 다들 지랄 발광하는가

밑

나는 그 밤 과연 사랑했는가
불어터져 눌어붙을 듯한 고요 속에
완전히 감은 너의 두 눈을
아니, 눈꺼풀만 오지게 감은 너의 두 눈을
나는 그 밤 과연 사랑했는가
참 그 밤 야릇하기도 하지
밑 벌릴 것같이 입 벌린 계집의 내부는
도무지 알 수 없는 계산으로 그득해
나는 그 밤 과연 사랑했는가
그 계집의 밑은 어떻게 생겼을까
그게 이 나이까지 그렇게 궁금했는가
그 밤, 단지 밑을 사랑하기 위해
심장은 그렇게 두근거렸는가
그 밤, 단지 밑을 파기 위해 흰 피는
머리카락 끝까지 꼭두새벽 그렇게 달려갔는가

성욕

1

수줍음과 난폭함이
늘 양날의 칼처럼 맞대고 있다
평생 동안 시도 때도 없이 출몰하며
귀하다고도 천하다고도 할 수 없는
우리들 우글거리는 모든 악의 원천!
지상이고 천상인 그대는
노래 없는 얼굴로 나타나
늘 정체 모를 시간과 함께
삶의 의젓한 얼굴을 급습하는구려

2

말은 통하는데 몸은 안 통한다
비애다
말은 안 통하는데 몸은 통한다
그것도 비애다
말도 안 통하고 몸도 안 통한다
비애도 그런 비애가 없다

잡념과 집념

잡념이 떨어지지 않는다
집념이 따로 없다

식욕과 성욕처럼
잡념은 힘이 세다

그러고 보면
평심은 큰마음이다
큰마음은 또 얼마나 무심하던가

거창하게 말할 것 없이
인간은 잡생각하다 죽는다
잡생각하다 잡스럽게 죽는 생이라니!

잡념만 한 집념이 없다

죽음과 망각처럼
잡념은 힘이 세다

추억

뒤돌아보면 밥알 가득 촘촘히
해바라기 씨처럼 박혀 있는 여문 상처들
깨알 가득 깔려 있는 고통들

무심할 수 없는 하루하루가 무심히
이끼와도 같이 스쳐 지나 세월에 합류한다

깨달아야겠다는 생각도 깨달음도 없이
철마다 반복되는 철들지 않는 괴로움들
세상 끝까지 묶고 삶은 물들리라

모든 날들은 앞에 있다
앞에 남아 있는 날들이 추억이다

2부

누가 심장을 뛰어 내리는가

달의 마음

지구를 발뒤꿈치에 살짝 붙이고
머리카락 멀리 파묻힌 그대의 하늘,

달에 대한 어떠한 생각도
달을 미치게 하지는 않는다
달에 대한 어떠한 생각만 미친다

열 발가락, 스무 손가락 동원하여
그대의 모래 숨결, 야리야리한 그대의 각선미
언제 봐도 눈부시지 않아 좋을 그대 얼굴
심장 깊이 착착 개켜 철사 줄로 칭칭 동여맨다 해도

그토록 숱한 인간들의 쌔고 쌨는 근심 걱정들
이 잡듯 샅샅이 빨고 핥고 굽어보면서도
그대는 이승의 흉중엔 절대 끼어들지 않는다

연애

잡은 물고기 놓아주듯
사람을 놓아주었습니다

강물이 어찌나 예쁜지
내장이 다 밝아옵니다

근데 나를 놓아주는 일이
왜 이리 힘든 건가요

사랑할 수 없는 것에 대해서는
그대로 둬야 합니다

심장이 올라와 있다

눈에서 빛이 반짝이는 사람이 있다
그것은 번쩍이지 않고 반짝인다
눈에서 광채가 번뜩이는 사람이 있다
가까이 하기 힘든 힘이 느껴진다
심장에서 올라온 눈물이 겨울 나뭇가지에
얼음처럼 달려 있는 눈도 있다
퀴퀴한 냄새가 진동하는 눈도 있다
그건 숫제 고인 물웅덩이라고 해야겠다
기름 둥둥 떠다니는 세숫대야라고 해야겠다
어떤 빛도 시들고 암흑만 출렁거리는 눈도 있다
끈적거리는 눈빛과 반질반질한 눈빛,
흐리멍덩하고 퀭한 눈빛,
곧 덮칠 듯이 아슬아슬하게 달려 있는 살기등등한 눈빛…
빛의 족보도 가지가지다
아무 데로도 향하지 않는 빛이 마른 잎처럼 겨우 붙어 있거나
어떤 넋도 올라올 것 같지 않은 폐광의 입구 같은 눈

도 있다

슬프다!

사람의 눈을 들여다보면 한 사람의 바닥이 드러난다

깊은 광활함, 아득한 유한… 그런 눈빛이 그립다

사람의 눈에는 그 사람의 심장이 올라와 있다

중요한 순간이다

도끼

호수가 꽝꽝 얼어붙었다
천하장사가 도끼로 내리찍어도 쉽게
깨지지 않을 정도로 얼어붙었다

방죽에서 돌멩이 하나를 집어
얼음장 위로 힘껏 던져본다
퍽 엎어진 돌멩이는
호수 한가운데로 빠르게 미끄러진다

여름에 물수제비를 뜨던 곳이다
얼음수제비를 뜨는 기분이 야릇하다

꽝꽝 언 호수 위에 다시 돌 하나를 던져본다
얼음벽 위에 부딪힌 돌이 더 아프다는 듯
신음 소리를 지르며 나자빠진다

나는 호수 저편으로 걸어간다
이편으로 다시 올 때도 도끼 생각을 하고 있을 것이다

이런 날 내 기분은 최고 수위에 도달한다

세계가 온통 꽝꽝 얼어붙었다

눈길

네 눈길 헤치고 들어간 가슴은
어떤 슬픔에 무릎을 헤쳤는가

봄날이었지
동해 푸른 물결 흰 파도 이 시리게 눈부시고

여자아이였지
네 눈길 헤치고 들어간 파도는
미역과 다시마와 지누아리를 키우고 있었던가

불멸의 네 눈길을 뒤로하고
폭설에 파묻힌 소나무 숲을 뒤로하고
밥 벌러 영嶺을 넘었다

강물

얇게 얇게 생선회 저미듯
곱게 곱게 바람 접어 밀리는 물결
아무도 없었지요, 3월
강가에는 소원성취 초 꽂아놓고
누군가 빌다 갔더군요
물 보러 갔었어요
당신 생각이 문득 올라오더군요
올라와 물결 따라 한결같이
밀리는 걸 어쩌겠어요
견딜 수 없는 것들만
삶이 되겠지요
돌 던지던 짓도 그만두고
밀리는 물결 따라 참 멀리 갔지요
나는 고통받는 자였던가요
고통하는 자였던가요

칼

할머니가 무를 썰고 있다
어머니가 무를 썰고 있다
나는 서툴게 연필을 깎고 있다

얼마나 멀리 떠나왔던가
앞을 밀기도 전에
뒤에 떠밀리며 왔던가

눈 퍼붓던 젊은 밤에 도끼로
발가락을 내리친 적도 있다
입술로 시퍼런 대검의 날을
애무한 적도 있다

내가 무를 썬다
아내가 무를 썰기도 한다
아이는 씽씽 연필깎이로
예쁘게 연필을 깎는다

마당엔 잔디가 깔려 있고

시퍼런 도끼는 없다

그런 일이 일어나겠는가

인간이 싫고 인간이 좋다
말이 싫고 말이 좋다
질질 짜는 게 싫고 환히 웃는 게 좋다
지껄이는 게 싫고 노래하는 게 좋다
기발한 게 싫고 기이한 게 싫다
내가 싫고 내가 쓴 시가 싫다
인생에 무슨 특별한 일이 있겠는가
인생의 특별한 일이라는 게
대부분 가혹행위와 닮아 있다
근육을 생각해보라
이해가 빠를 것이다
돌이 제자리에 있는 일
고구마가 감자가 아닌 일
박태기나무가 박태기나무인 일
자연스럽게 사는 일
그게 특별한 일이다
동해에서 올라오는 파도 향香
그게 지금 이 순간

바꿀 수 없이 특별한 일이다
노인이 길 가다 허리 펴는 일
사람이 걸어오면서 환한 일
무지 특별한 일이다
개가 싫고 고양이가 좋다
꿈이 싫고 잠이 좋다
봄이 싫고 가을이 좋다
비가 좋고 눈이 좋다
취향이다
취향을 휘두르면 권력—
바다가 좋고 하늘이 좋다
눈물이 좋고 슬픔이 좋다
어린이가 좋고 책이 좋다
인간도 좋고 인종도 좋다
국가도 좋고 지구도 좋다
유한도 좋고 무한도 좋다
그런 일이 일어나겠는가
늘 그게 문제지!

달에 살다

동해를 끌고 백두대간을 넘은 기차는
내륙으로 밤의 내장을 실습니다

파도가 구르는 소리
새벽녘에야 귓바퀴에 도착합니다

마당 한 편에 딸아이가 타던
씽씽카가 우두커니 섰습니다

기차는 십 리 밖에서
이십 리 밖으로 달립니다
지금쯤 철교를 건넜을 테고
아마도 저수지에 뜬 달을 실었을 겁니다

저 기차는 총 스물세 량이야! 라고
그대는 또렷하게 말합니다

일 초가 따뜻합니다

일 분이 따뜻합니다
오 분이 따뜻합니다

달은 백 리쯤 갔을 겁니다

견자見者

누가 자꾸 삶을 뛰어내리는가
누가 자꾸 초읽기 하듯 심장을 뛰어내리고 있는가

그렇다면 네 영혼은?
네 손목은? 네 발목은?

누가 자꾸 지구를 뛰어내리는가
누가 자꾸 햇빛과 달빛을 뛰어내리고 있는가
눈물도 심장에서 뛰어내린다

그렇다면 네 슬픔은?
네 진눈깨비는? 네 고통은?

너의 심장은 발바닥에서부터 뛴다
너의 노래는 머리카락에서도 자란다

그렇다면 네 피는?
네 시선은? 네 호흡은?

물에 빠진 사람은 물을 짚고
허공에 빠진 사람은 허공을 짚을 때처럼
빠지는 것을 계속 짚을 때처럼

누가 계속 죽음을 뛰어내리는가
누가 계속 초읽기 하듯 심장을 뛰어내리고 있는가

(견자)

바다는 나날의 유한을
하늘의 해와 달과 별과
즐거이 호흡을 맞춘다

그곳에서 시선은
생의 온갖 다채로운 고락을
육대주까지 주름잡는다

성교

그대와 처음 눈을 맞췄던 날
반했던 날
눈이 맞았던 날
그게 빛으로 하는 성교란 걸
알게 된 건 아주 훗날의 일이지요
빛이 맞으니 입도 맞추게 되었죠

처음 동해와 눈을 맞췄던 날
야— 했던 날
하늘 깊이 푸르렀던 날
그게 무한과의 성교란 걸
알게 된 건 아주 훗날의 일이지요
지금처럼 훗날의 일이지요

갑옷도 없이

황금 눈보라처럼
황금 눈보라처럼

은행잎 수북이 쌓인 사이사이
언뜻언뜻 파랗게 비치는 토끼풀 위로
또 한 떼의 은행잎은
후다닥 뛰어내리듯이 쏟아진다

아이 학교 데려다주고 현관에 도착해 우산 접자
스르르 흘러내리거나 우산에 붙어 있는
두어 개 은행잎 바라보던 가을비처럼
그렇게 불쑥 갑옷도 없이 올라오는 시간처럼

애들이 나빠 봐야 얼마나

저 혼자서 뭐가 그리 좋은지
신나 놀고 있는 아이,
그 아이가 어쩌다 울 때
눈물로 꼭꼭 서러움 찍어 바르듯 울 때
아이의 손등에서는 백합이 핀다
그 가냘픈 어깻죽지의 들썩임을 날갯짓 치며
이불에 가 머리를 파묻거나
벽 한 귀퉁이에 깃털 기댈 때
굵은 소금 뚝뚝 뿌리듯
자꾸 곤두박질치는 눈물을 손등으로 쓱 문지르는
아이의 어깨를 참깨 털 듯 몇 번 토닥이자
언제 그랬냐는 듯 하— 하고 웃는다
애들이 나빠 봐야 얼마나 나쁘겠냐는
말을 나는 아직도 모르는 것이다

봄밤

짹깍짹깍 시시각각
뛰는 심장박동 소리
초읽기처럼 크게 들린다

팔베개하고 누운 잠처럼
다정해라, 죽음이여

어두운 바다에서 올라온 파도는
심장을 들고 밤 창가로 걸어온다

방파제

짜깍짜깍 심장을 갉는
이승의 쓰디쓴 허영과
원천 모를 어리석음 앞에서

살 그을리는 햇살의 뜨거움
내 마음 낮은 곳의 여행을 데워

지상에 발 댄 슬픔 고스란히 벗어
돛 올리는 배처럼 창공으로 발꿈치를 들리라

공중 깊이 구름으로 뒷걸음질치는
파도의 시선 높이
인간의 항구가 정박하고

눈동자는 해와 달에 잠복하듯
무한을 포갠 수평선에
내륙의 발자국을 묻는다

누이들

내 어찌 잊으리
그 실감나는 그대 육감을,

지구의 작렬하는 온갖 감각
전신 마취하듯 다 봉쇄해도
달 내음, 별 내음
해의 시큼시큼한 빛
몸 곳곳 순찰하는 피처럼
죽음과 망각을 낱낱이 파고들어
삶으로, 심장으로 번지리

내 어찌 잊으리
그 여문 가슴과 야물딱진 입술
그 흐벅진 허벅지와 찰흙 사타구니
그 찰랑거리고 찰박거리는 종아리 어찌 잊으리

마치 그대들 움직임은
동해로 나아가는 하구의

친친 감는 비단뱀 물결과 같아
공중에서도 공기 파도를 남실거리게 하고

내 마음 깊은 다락의 환한 대낮처럼 샅샅이 모셔둔
그대 깜깜한 눈동자 가득 소리치는 햇살처럼

내 어찌 잊으리
그 살맛나는 살과 뼈의 율동을,
그대 피와 넋의 절대 천진을,

족보

잎은

자족했던 짐승이다

잎은

도루묵과 양미리와 가자미와 신퉁이가 좋았다

잎은

쇠미역과 파래와 다시마와 지누아리가 좋았다

잎은

족보도 없이

이 세상의 야심이라곤 모른 채

파도 뱃속에서 뛰어놀았다

잎은

갖은 슬픔 씹는 돌들과 모래와 자갈과 진흙이 좋았다

잎은

장칼국수와 꾹저구탕과 감자적과 감주가 좋았다

잎은
동해를 사모하는 열혈남아다

잎은
언젠가 언젠가는
낙엽의 마음이 될 것이고
무한을 사모하고 유한을 흐느끼는 사람이었을 것이다
그것은 아주 훗날의 족보를 대할 때처럼
난처하고 서글프고 쓸쓸한 사연이었을 것이다

배터리도 없이

해와 달의 후원 아래
수평선으로부터 도움닫기를 해서
백만 번 뒤집혔다 천만 번 되살아나
이제 막 백사장으로 착지하는 파도를
한 인간이 무한을 고정시킨 시선으로
묵묵히 애무하는 순간의 영원이여—
심장이 장엄해지도록 그대
하늘 눈동자 열리는 소리 들리지 않느냐

11월

한 그루 나무에서
만 그루 잎이 살았습니다

내년에도
내후년에도

인간을 좋아하는 일이
가장 힘들었습니다

연하장

아무래도 시가 좋겠어
바람이라면 더 좋고
나무와 길이라면

아무래도 노래가 좋겠어
누가 꼭 듣지 않아도
빗방울이라면 좋고
진눈깨비라면 더 좋은

아무래도 사람이 좋겠어
저 나무 아래를 걸어
이 길로 드는
하늘이라면 더 좋고
염소라면
제비꽃이라면

좋은 것은 아무래도 자연이 제일 좋겠어

샅

얼굴에도 네가 있다
밖으로 드러난 네 입에서 한참 떨어진
낭떠러지에 너는 다시 입을 모으고 있다
네가 강릉 재래시장 그 불멸의 골목에서
두릅나물 한 광주리 놓고 그것을 꼭 오므리고 있을 때
환한 대낮에 파묻힌 네 얼굴을 나는 수줍어 바라봐야
만 했다
너는 그것을 아는지 모르는지
내 눈길을 새끼손톱 웃음으로 받고 있었다

행성

그러니까 매순간 살아야 한다
그러니까 매순간 죽어야 한다
그러기 위해선 날아야 한다
매순간 심장을 날아야 한다
그러니까 심장을 날기 위해선
매순간 사랑해야 한다

그러니까
지금 사는 곳이
늘 가장 깊은 곳,

그러니까
우리 겨드랑이보다
우리 어깻죽지보다 넓은 곳은 없어라
그러니까
우리 눈동자보다
우리 머리카락보다
우리 손등보다 깊은 곳은 없어라

그러니까 매순간 빛이어야 한다
그러니까 매순간 어둠이어야 한다
그러기 위해선 살아야 한다
매순간 심장을 살아야 한다
그러니까 심장을 살기 위해선
매순간 죽어야 한다

그러니까 매순간 태어나야 한다
그러니까 매순간 삶을 까먹어야 한다

교산蛟山

내 탯줄 묻은 옛 동산을 바람 쐬듯 찾았으나
생가는 헐리고 심장은 무너졌다

내 이빨 던진 어린 지붕을 찾았으나
잡초는 우거지고 오솔길은 묻혔다

늙은 모과나무 곁에 우두커니 서서
수줍은 짐승처럼 동해를 품었다

여행하듯 고향을 찾아가는 사람에게
발해渤海나 여진女眞이나 애일愛日 같은 여인들의 이름은 너무 멀다

허평선虛平線

만고의 밤낮을
별은 빛나기만 할 뿐
지배하려 들지 않는다
그저 빛날 뿐이다

지구의 낮과 밤을
해와 달은 비추기만 할 뿐
개입하려 들지 않는다
그저 비출 뿐이다

가끔 비나 진눈깨비가
그 빛을 씻어주기도 한다

모든 밤

삶과 함께 자란 내 모든 눈물과
그 눈물이 기억하고 있던 육체와
그 육체가 팔짱 끼던 8월의 바람과
함께 펄럭이던 내 모든 죽음은 정답다

동해와 함께 자란 내 모든 파도와
그 파도가 추억하고 있던 모래알과
그 모래알에 누워 받던 9월의 별빛과
함께 뒤척이던 내 모든 밤은 뜨겁다

3부

초판본 미수록 시편

타인도 저마다 유일무이한 나라이거늘

언제나 처음 내리는 비처럼

비에 취약한 혼에게
지나간 미래는 곧잘 재발한다
그림자는 이제 정오에서 자라지만
그간 그는 잘못 살았거나 헛살았다

하늘은
하늘 아래의 일에 대해선
거들떠보지도 않는다

가눌 길 없는 분노를 온몸에 이고
네 발 달린 슬픔으로
철마다 반복되는 괴로움과 즐거움
지상의 길 끝까지 묶고 삶은 살아가리라

폭우 속의 천둥이나 번개를 씹으며
가을날의 부피를 헤아려본들
그의 꿈은 치유될 길이 없다
그러니 삶이라는 그의 질병도 낫는 일이 없으리라

꽃다지

꽃다지란 들꽃이 있어요. 숱하게 봤지만 그냥 지나쳤던 꽃. 이름조차 몰랐던 풀꽃. 작은 풀꽃. 여리디여린 이 풀꽃을 그냥 지나치기만 했겠어요. 밟고도 또 밟았겠지요. 그 비명 소리를 들었다면 그냥 사람이 아니었겠지요. 10에서 20센티미터쯤 되는 이 꽃이 밟히는 자세가 어땠을지 상상하기 힘듭니다. 논두렁이나 밭과 밭둑, 언덕 초지나 공원 같은 곳에 지천으로 피어 있는, 하지만 인간의 시선에서 거의 비껴나 있는 이 꽃만 줄기차게 그리는 화가나 사진작가도 있긴 있을 거예요. 눈여겨보지 않으면 아무 의미 없는 너무 흔한 꽃. 그 사람의 눈물 이슬같이 대지에 맺혀 있는 꽃. 너무 작아서 눈에 잘 띄지도 않지만 너무 흔해서 관심 안 가는 이 꽃다지가 무리지어 피어 있는 저수지 둑방길을 봄바람과 함께 왔다 갔다 하는데 미칠 지경으로 기분이 좋았습니다. 오르가슴이 뭐 별건가요. 이 꽃을 밟지 않고 피해 다녔으면 싶지만 그리는 안 되겠군요.

조동진

세상 사람들 지치고
길은 어디까지 이어져 있나

이제
슬픔도 지치고
그래도 나는 혼자 이 해변에 남아야 했고
바람도 지치고

10년이 지치고
내가 불던 하모니카도 끝나고
누가 언제까지 이 지상에 있나

나만 홀로 바다에 가고
바람만 홀로 세계에 남고
그 언젠가 눈물도 메마른 안개 낀 대지

이제
아픔도 지치고

그래도 나는 혼자 이 저녁에 남아야 했다

우리가 사람이라면

밤이었지
돌의 심장이 두근거리는 여름밤이었지
같잖게 우리는 하늘의 별 따위나 얘기하고 있었지
날이 샜지
사람을 얻지 못했지
그 밤을 수중에 넣지 못했지
그건 실책 중의 실책
그 밤은 그 밤으로 끝나고 말았지
우리가 사람이라면
어떻게 그럴 수 있었을까
그렇게 피 활발한 심장이라면
바람 한 점 그냥 날려 보내서는 안 되었으리라
머리카락 한 올조차 방치해서는 안 되었으리라
하지만 날이 샜지
바람은 너무 멀리 날아갔고
그 사람은 그 사람으로 가버렸지
돌아갈 수 있을까
모래 속에 깃든 밤 파도와 함께

물결과 꿈결과 살결과 함께

밤을

어둠을 까먹던 밤을

숨결뿐인 그 한여름 밤을 그렇게 보내는 게 아니었지

사람을 얻지 못했지

마음을 수중에 넣지 못했지

그건 중대 실책 중의 실책

여름밤이었지

새벽의 눈동자가 날뛰는 밤이었지

손아귀에 어둠을 넣고도

같잖게 우리는 문학 따위나 말하고 있었지

날 샌 밤이었지

두고두고 날 샌 밤이었지

겨울비

노안老眼이 오고 있구나

길바닥 얼음 위 덜 녹은 눈을
진갈비가 적시며 녹이며 내리는구나
내 마음은 아직도 파도에 강타당하는
그 겨울 동해안 방파제 같은데
딸아이가 고등학교에 들어가는구나
들어가더니 나더러 어쩌라고
울나라 시인들의 시는 왜 이리 울적해요
나에게 연신 투덜거리기에 그런 넌 뭐
울나라 시인들 시 많이 읽어본 것처럼
울나라 밖 시인들 시 읽어본 것처럼 말한다 했더니
머쓱! 이란 한 마디가 돌아온다
그러는 나는 뭐 하다 자금도 연줄도 처세술도 없이
쉰 줄에 들어와 지금이 이천 몇 년도라고?
아마득하게 되뇌고 있는가

세월이 오고 있구나

지난가을엔 이순耳順에 든 김 선생님이

바람은 스산하고 강물은 찬데 風蕭蕭兮易水寒

나 이제 떠나가면 돌아오지 못하리라 壯士一去兮不復還

자객 형가荊軻의 사세구辭世句를 전하더구나

아직도 내 마음은 도대체 늙을 줄 모르는

갈기 날리며 달리는 동해 흰 파도 같은데

무릎에 물이 차기도 하고

소변 누러 밤에 일어나기도 하더구나

사람 만나는 맛, 술맛이 희어지기도 하더구나

내 좋아하는 가을은 짧기만 하고

손등 녹이는 손바닥 밤에

얼음을 부수는 것은 칼이 아니었구나, 물이었구나

쏟아지는 폭풍우도 아니고 질척 질척거리는 저 진눈깨비로구나

가을과 겨울

욕정이 타는 몸, 방 안 가득 그을리면
우리는 심장을 갈아타고 밤의 심부를 날아간다
내장内臟이 쌍수雙手 들어 감격할 아름다움 속에
마침내 몸을 내주던 환희의 창가에 도착한다
언제랄 것도 없이 남아 있는 사랑의 초침 속으로
이 나라의 짧디짧은 가을이 들이닥치고
곧 둘도 없는 겨울이 엄습한다

이후의 감정

나무를 평정해야겠다

나뭇잎 하나를 버리기 위해

사과 이후가, 화해 이후가, 어제 이후가, 사랑하고 미워하고 난 이후가, 이후가 늘 문제다. 죽이는 게 문제가 아니고, 죽이고 난 이후가, 살리는 게 능사가 아니고, 심지어 살리고 난 이후가 문제다.

약속 이후가, 배신 이후가, 적개심과 허무 이후가, 광복과 독립 이후가, 전쟁 이후가, 통일 이후가 문제다. 뒤끝이 어떠하느냐의 싸움이다. 뒤를 감당할 수 있느냐 없느냐의 싸움이다.

내가 나조차 못 믿는데 너를? 우리들 짐승의 그림자를 피와 뼈처럼 붙들어 매고 덥석 손잡은 이후가, 합석한 이후가, 사죄와 용서 이후가 문제다.

말과 언어 이후가 문제다.

사랑의 눈동자

부질없는 말로
너에게 다가갔다

혀로 말하지 말고
뼈로 말하라

네 눈동자는
그렇게 말하고 있었다

네 볼따구에 눌어붙은 동태눈물 자국은
네 심장에서 마라톤 뛰고 있는 피의 발자국은

내 호흡을 끌어당기고 있는 네 막대사탕 눈동자는
내 시선을 오도 가도 못하게 하는 네 검은 머리 입김은
그 흔해빠진 말 대신 피부로 말하고 있었다
빛으로 노래하고 있었다

허망한 말로

너에게 다가갔다

여력으로 말하지 말고
저력으로 말하라

네 얼굴은
그렇게 말하고 있었다

손도 못 쓰고 세월이 갔고
빛도 못 보고 세월이 왔다

우리는 부질없는 손발이었다
어딜 가서 빛을 구하고
몸을 눕히겠는가

타인도 저마다 유일무이한 나라이거늘
내 속에 파묻혀 숨죽여 울다 가버리는 현재마냥
더없는 하루가 덧없이 가버린다

일생이 얼마 남지 않은 자의 심정으로
말로 말하지 않고 피와 살로 말한다

이마에 닿는 빗소리에도 놀라 자빠지며
목덜미에 떨어지는 빗방울에도 기겁하며

뼈로 묻고
뼈로 답한다

여벌이 없는
유한의 슬픔으로 답한다

달아실에서 펴낸 박용하의 책들

26세를 위한 여섯 개의 묵시(2022)
이 격렬한 유한 속에서(2022)
저녁의 마음가짐(2023)
동시집 『여기서부터 있는 아름다움』(2023)
산문집 『위대한 평범』(2024)

달아실어게인 시인선 04

견자

1판 1쇄 발행	2024년 2월 23일
지은이	박용하
발행인	윤미소
발행처	(주)달아실출판사
책임편집	박제영
디자인	전부다
법률자문	김용진, 이종진
기획위원	박정대, 이홍섭, 전윤호
주소	강원도 춘천시 춘천로 257, 2층
전화	033-241-7661
팩스	033-241-7662
이메일	dalasilmoongo@naver.com
출판등록	2016년 12월 30일 제494호

ISBN 979-11-7207-002-1 03810